五福五代堂古稀天子寶

八徵耄念之寶

太上皇帝之寶

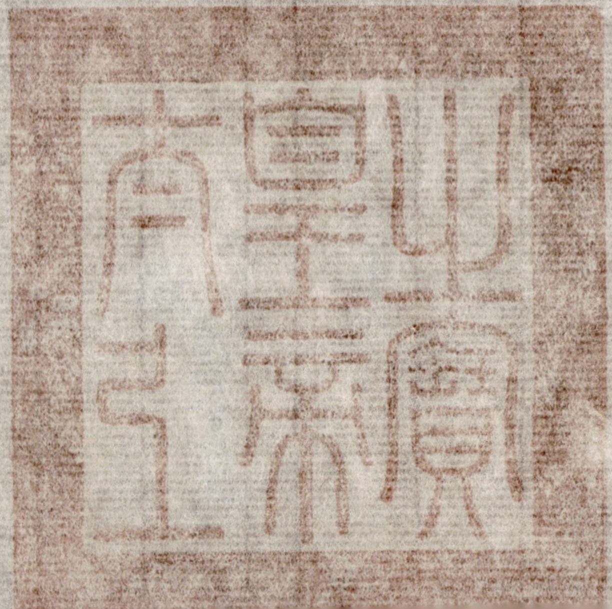

重刊許氏說文解字五音韻譜卷十

入聲一

哭 一苦屋切哭　谷 二古祿切谷

卜 三博木切卜　攴 四普木切攴與撲同

木 五莫卜切木　禿 六他谷切禿

彔 七盧谷切彔　鹿 八盧谷切鹿

畐 九房六切畐讀若伏又芳逼切　目 十莫六切目

尗 十一式竹切尗讀若叔　肉 十二如六切肉

竹 十三陟玉切竹　六 十四力竹切六

𦥑 十五居玉切𦥑讀若匊　菐 十六蒲沃切菐讀若僕

束 十七書玉切束　蓐 十八而蜀切蓐

足 十九即玉切足　曲 二十丘玉切[illegible]與曲同

玉 二十一魚欲切玉

哭 哀聲也从吅獄省聲凡

哭之屬皆从哭 苦屋切

亾也从哭从亾會意 亾亦聲 息郎切

文一

泉出通川爲谷从水半見出於口凡谷之屬皆从谷 古祿切

山瀆无所通者从谷奚聲 苦兮切

大長谷也从谷龍聲 讀若聾 盧紅切

○ 空谷也从谷翏聲 洛蕭切

谷中響也从谷厷聲 戶萌切

深通川也从谷从𣦼 𣦼殘地阬坎意也 虞書曰睿畎澮距川 私閏切

㕡或从水

古文㕡从容

望山谷谸谸青也从谷千聲 倉絢切

○ 通谷也从谷害聲 呼括切

文八 重二

卜 灼剝龜也象炙龜之形一曰象龜兆之從橫也凡卜之屬皆从卜 博木切

古文

卟 卜以問疑也从口卜讀與稽同書云卟疑古兮切 ○ 貞 卜問也从卜貝以爲贄一曰鼎省聲京房所說陟盈切 占 視兆問也从卜从口職廉切 ○ 𠧩 卜問也从卜召聲市沼切 兆 灼龜坼也从卜兆象形治小切 兆 古文兆省 ○ 卦 筮也从卜圭聲臣鉉等曰圭字聲不相近當从挂省聲古壞切 𠧪 易卦之上體也商書曰貞曰𠧪从卜每聲荒內切

文八　重二

攴 小擊也从又卜聲凡攴之屬皆从攴 普木切　四

攻 擊也从攴工聲古洪切 𢻫 敷也从攴也聲讀與施同式支切 孜 汲汲也从攴子聲周書曰孜孜無怠子之切 𢼸 坼也从攴从厂厂之性坼果孰有味亦坼故謂之𢼸从未聲徐鍇曰厂厓也許其切 𢾺 戾也从攴韋聲羽非切 敷 㰴也从攴尃聲周書曰用敷遺後人芳無切 敳 有所治也从攴豈聲讀若豤五來切 𢿙 朋侵也从攴从羣羣亦聲渠云切 敦 怒也詆也一曰誰何也从攴𦎫聲都昆切又丁回切 攽 分也从攴分聲周書曰乃惟孺子攽亦讀与彬同布還切 ○ 畋 平田也从攴田周書曰畋

敗介曰待年切

敹 擇也从攴𡨄聲周書曰敹乃甲胄洛蕭切

𢾭 从攴堯

敲 橫擿也从攴高聲口交切

攸 行水也从攴从人水省徐鍇曰攴入水所杖也以周切

汥 秦刻石嶧山石文攸字如此

𢾫 棄也从攴𠷎聲周書以爲討詩云無我𢾫兮市流切

鈙 持也从攴金聲讀若琴巨今切

○

敉 撫也从攴米聲周書曰亦未克敉公功讀若弭緜婢切

侎 敉或从人

𢼬 刺也从攴蚩聲豬几切

敔 禁也一曰樂器椌楬形如木虎从攴吾聲魚舉切

敘 次弟也从攴余聲徐呂切

𢻃 撫也从攴亾聲讀與撫同芳武切

數 計也从攴婁聲所矩切

𢿌 閑也从攴度聲讀若杜徒古切

𣀆 數也从攴麗聲力米切

剺 𣀆或从刀

𡔷 擊鼓也从攴从壴壴亦聲公戶切

𢿍 毀也从攴卑聲辟米切

𢾾 敎也从攴启聲論語曰不憤不啓康礼切

攺 更也从攴已李陽冰曰已有過攴之即改古亥切

𢻸 毅改大剛卯以逐鬼鬽也从攴巳聲讀若巳古亥切

𢾕 疾也从攴每聲眉殞切

𢿘 冒也从攴昏聲周書曰𢿘不畏死眉殞切

𢽾 彊也从攴民聲眉殞切

𢿡 主也从攴典聲多殄切

𢼛 擊也从攴肈省聲治小切

敿 繫連也从攴喬聲周書

[illegible]讀[illegible]切

攷 敂也从攴丂聲苦浩切

⿰果攴（敤） 研治也从[illegible]舜女弟名敤首苦果切

敞 平治高土可以遠望也从攴尚聲昌兩切

⿰圭攴 [illegible]迠攴圭聲迁往切

○整 齊也从攴从束从正正亦聲之郢切

斂 收也从攴僉聲良冉切

○敡 侮也从攴从易易亦聲以豉切

敄 彊也从攴矛聲亡遇切

故 使為之也从攴古聲古慕切

⿰兒攴 戾也从攴兒聲五計切

敗 毀也从攴貝敗賊皆从貝會意薄邁切

⿰賏攴 籀文敗从賏

敶 列也从攴陳聲直刃切

敒 理也从攴伸聲直刃切

⿰算攴 小舂也从攴算聲初絭切

⿰旱攴 止也从攴旱聲周書曰⿰旱攴我于艱侯旰切

⿰𤔔攴 煩也从攴从𤔔𤔔亦聲郎段切

⿰湅攴 辟漱鐵也从攴从湅郎電切

變 更也从攴䜌聲祕戀切

效 象也从攴交聲胡教切

赦 置也从攴赤聲始夜切

⿰亦攴 赦或从亦

㪅 改也从攴丙聲古孟切又古行切

政 正也从攴从正正亦聲之盛切

救 止也从攴求聲居又切

寇 暴也从攴从完徐鍇曰當其完聚而欲寇之苦候切

敂 擊也从攴句聲讀若扣苦候切

○牧 養牛人也从攴从牛詩曰牧人乃夢莫卜切

斀 去陰之刑也从攴蜀聲周書曰刖劅斀黥竹角切

⿰豖攴 擊也从攴豖聲竹角切

⿰畢攴

戰尽也从攴畢声卑吉切
敓 彊也周書曰敓攘矯虔从攴兑聲徒活切
徹 通也从彳从攴从育丑列切
𢼾 古文徹
敀 迮也从攴白聲周書曰常敀常任博陌切
敇 擊馬也从攴朿聲楚革切
斁 解也从攴睪聲詩云服之無斁斁厭也一曰終也羊益切
敵 仇也从攴啻聲徒歷切
敕 誡也臿地曰敕从攴束聲恥力切
敆 合會也从攴从合合亦聲古沓切
[illegible] 使也从攴耳省聲而涉切
敜 塞也从攴念聲周書曰敜乃穽奴叶切

文七十七　重六

說文十　六

木 五
冒也冒地而生東方之行从屮下象其根凡木之屬皆从木 徐鍇曰屮者木始甲坼萬物皆始於微故木从屮莫卜切
桐 榮也从木同聲徒紅切
櫳 檻也从木龍聲盧紅切
𣠮 房室之疏也从木龍聲盧紅切
椶 栟櫚也可作萆从木嵏聲子紅切
楓 木也厚葉弱枝善搖一名𣡽从木風聲方戎切
樅 松葉柏身从木從聲七恭切
松 木也从木公聲祥容切
𣏕 松或从容
𨚥 槢据木也从木邛聲渠容切

杠 牀前橫木也从木工聲古雙切
椌 柷樂也从木空聲苦江切
栙 栙雙也从木夅聲讀若鴻下江切
椿 撅杙也从木舂聲啄江切
橦 帳極也从木童聲宅江切
枝 木別生條也从木支聲章移切
榰 柱砥古用木今以石从木耆聲易榰恒凶章移切
梔 木實可染从木危聲章移切
榹 槃也从木虒聲息移切
檇 以木有所擣也从木嶲聲春秋傳曰越敗吳於檇李遵爲切
栘 棠棣也从木多聲弋支切
椸 衣架也从木施聲以支切
椅 梓也从木奇聲於离切
檹 木檹施从木旖聲賈侍中說檹即椅木可作琴於离切
檥 榦也从木義聲魚羈切
榱 秦名爲屋椽周謂之榱齊魯謂之桷从木衰聲所追切
桵 白桵棫从木妥聲臣鉉等曰當从綏省儒隹切
椎 擊也齊謂之終葵从木隹聲直追切
棃 果名从木𥝢聲𥝢古文利力脂切
樏 木實也从木絫聲力追切
欙 山行所乘者从木纍聲虞書曰予乘四載水行乘舟陸行乘車山行乘欙澤行乘輴力追切
[illegible] 木也从木彝聲羊支切
桋 赤桋也从木夷聲詩曰隰有杞桋以脂切
枇 木也从木比聲房脂切
[illegible] 梠也从木㿝聲讀若枇杷之枇房脂切
楣 聯也齊謂之檐楚謂之梠从木眉聲武悲切
[illegible] 屋[illegible]上[illegible]雅曰[illegible]

枱 耒耑也从木台聲弋之切 鈶 或从金 辝 籒文从辝
[illegible]一木其聲[illegible]之切
機 主發謂之機从木幾聲居衣切
楲 楲窬褻器也从木威聲於非切
⿰木去 极也从木去聲去魚切
椐 樻也从木居聲九魚切
楈 木也从木胥聲讀若芟刈之芟私閭切
梳 理髮也从木疏省聲所葅切
樗 木也从木雩聲丑居切
𣐦 苿臿也从木入象形䀠聲舉朱切
枹 擊鼓杖也从木包聲甫無切
枎 扶疏四布也从木夫聲防無切
榑 榑桑神木日所出也从木尃聲防無切
柎 闌足也从木付聲甫無切
橾 車轂中空也从木喿聲讀若藪山樞切

樞 戶樞也从木區聲昌朱切
朱 赤心木松栢屬从木一在其中章俱切
榆 榆白枌从木俞聲羊朱切
株 木根也从木朱聲陟輸切
模 法也从木莫聲讀若嫫母之嫫莫胡切
楰 鼠梓木从木臾聲詩曰北山有楰羊朱切
⿰木乎 木出橐山从木乎聲他乎切
櫨 柱上柎也从木盧聲伊尹曰果之美者箕山之東青鳧之所有櫨橘焉夏孰也一曰宅櫨木出弘農山也落胡切
柧 棱也从木瓜聲又柧棱殿堂上最高之處也古胡切
枯 槀也从木古聲夏書曰唯箘輅枯木名也苦孤切
梧 梧桐木从木吾聲一名櫬五胡切
杇 所以涂也秦謂之杇關東謂之槾从木亏聲哀都切

𣟴櫪撕也从木斯聲先稽切 櫅木也可以爲大車軸从木齊聲祖雞切

梯木階也从木弟聲土雞切 枅屋櫨也从木幵聲古兮切 梐梐枑

也从木陛省聲邊兮切 椑圜榼也从木卑聲部迷切 柴小木散材从木此聲

臣鉉等曰師行野次豎散木爲區落名曰柴籬後人語譌轉入去聲又别作寨字非是士佳切 椳

門樞謂之椳从木畏聲烏恢切 槐木也从木鬼聲戶恢切 櫑龜目酒尊刻木作雲

靁象象施不窮也从木畾聲魯回切 罍櫑或从缶 [畾皿]櫑或从皿 𦉜籀文

櫑 桮䀀也从木否聲布回切 𠥶籀文桮 枚榦也可爲杖从

木从攴詩曰施于條枚莫桮切 梅枏也可食从木每聲莫桮切 楳或从某

栕蠻夷以木皮爲篋狀如斂尊从木亙聲古恆切 材木梃也从木才聲昨哉切

櫇木也从木頻聲符真切 橁杶也从木筍聲相倫切 [木粤]

大木可爲鉏柄从木粤聲詳遵切 棆毋杶也从木侖聲讀若易卦屯陟倫切 杶

木也从木屯聲夏書曰杶榦栝栢敕倫切 櫄或从熏 杻古文杶 亲

果實如小栗从木辛聲春秋傳曰女摯不過亲栗側詵切 榛木也从木秦一曰菆也

切 [木驫]衆盛也从木驫聲書曰疑沮事闕所

音 夂未

聲撫文切

枌 榆也从木分聲扶分切

橎 木也从木番聲讀若樊附袁切

棞 梡木未析也从木圂聲胡昆切

楎 六义犂一曰犂上曲木犂轅从木軍聲讀若渾天之渾戶昆切

樠 松心木从木㒼聲莫奔切

根 木株也从木艮聲古痕切

栞 槎識也从木秋闕夏書曰隨山栞木讀若刊苦寒切

𣓌 篆文从幵

檀 木也从木亶聲徒乾切

桓 亭郵表也从木亘聲胡官切

棺 關也所以掩尸从木官聲古丸切

槃 承槃也从木般聲薄官切

鎜 古文从金

盤 籀文从皿

槾 杇也从木曼聲母官切

欑 積竹杖也从木贊聲

一曰穿也一曰叢木在丸切

欒 木似欄从木䜌聲禮天子樹松諸侯柏大夫欒士楊洛官切

楄 楄部方木也从木扁聲春秋傳曰楄部薦榦部田切

櫋 屋櫋聯也从木邊省聲武延切

槇 木頂也从木眞聲一曰仆木也都季切

梴 長木也从木延聲詩曰松桷有梴丑連切

擐 擐味稔棗从木還聲似沿切

檈 圜案也从木瞏聲似沿切

椯 木也从木遄聲市緣切

椽 榱也从木彖聲直專切

權 黃華木从木雚聲一曰反常巨員切

條 小枝也从木攸聲徒遼切

梟 不孝鳥也日至捕梟磔之从鳥頭在木上古堯切

樵 散也从木焦聲

梟　不孝鳥也日至捕梟磔之从鳥頭在木上　古堯切　[illegible]　木[illegible]聲　从

[illegible]　一曰[illegible]車木[illegible]从木[illegible]聲[illegible]切　[illegible]　[illegible]也从木[illegible]

[illegible]　[illegible]从木[illegible]聲[illegible]切　[illegible]　木[illegible]也从木[illegible]聲[illegible]切　[illegible]　[illegible]从木[illegible]

[illegible]　[illegible]从木[illegible]切　[illegible]　[illegible]也从木[illegible]聲[illegible]　[illegible]　[illegible]从木[illegible]切

从木[illegible]聲[illegible]切　[illegible]　[illegible]木[illegible]也从木[illegible]聲[illegible]切　[illegible]　[illegible]从木[illegible]聲

[illegible]　楄部方木也从木扁聲春秋傳曰楄部薦榦　部田切　[illegible]　[illegible]从木[illegible]聲[illegible]

[illegible]　一曰[illegible]　[illegible]　[illegible]从木[illegible]聲[illegible]切[illegible]

[illegible]　[illegible]　从木[illegible]聲[illegible]也

[illegible]　[illegible]从木[illegible]聲[illegible]切　[illegible]　从木[illegible]聲[illegible]　槃　[illegible]　鎜　古文从金

[illegible]　从木[illegible]聲[illegible]切　[illegible]　木[illegible]也从木[illegible]　[illegible]　[illegible]切　[illegible]　文

[illegible]　从木[illegible]聲[illegible]切　[illegible]　[illegible]从木[illegible]聲[illegible]切　[illegible]　从木[illegible]也

[illegible]　[illegible]讀若[illegible]　[illegible]　[illegible]切　[illegible]　[illegible]从木[illegible]聲[illegible]切

[illegible]　木[illegible]也从木[illegible]　[illegible]　[illegible]从木[illegible]聲[illegible]

文[illegible]　[illegible]　[illegible]也从木[illegible]切　[illegible]　[illegible]从木[illegible]聲

在焦切
杓 枓柄也从木从勺臣鉉等曰今俗作市若切以爲桮杓之杓甫摇切
柖 樹搖皃从木召聲止搖切
榣 樹動也从木䍃聲余昭切
枖 木少盛皃从木夭聲詩曰桃之枖枖於喬切
枵 木根也从木号聲春秋傳曰歲在玄枵玄枵虛也許嬌切
橋 水梁也从木喬聲巨驕切
梢 木也从木肖聲所交切
樔 澤中守艸樓从木巢聲鉏交切
椃 木也从木號省聲乎刀切
槔 桔槔汲水器也从木皐聲古牢切
𣝗 船總名从木叜聲臣鉉等曰今俗别作艘非是穌遭切
槽 畜獸之食器从木曹聲昨牢切
桃 果也从木兆聲徒刀切
檮 斷木也从木𠷎聲春秋傳曰檮柮徒刀切
柯 斧柄也从木可聲古俄切
杷 收麥器从木巴聲蒲巴切
杈 枝也从木叉聲初牙切
樝 果似棃而酢从木虘聲側加切
柤 木閑从木且聲側加切
枷 柫也从木加聲淮南謂之柍古牙切
枒 木也从木牙聲一曰車輞會也五加切
𣎵 兩刃臿也从木𦏲象形宋魏曰芣也互瓜切
釫 或从金从于
楊 木也从木昜聲與章切
枋 木可作車从木方聲府良切
杗 棟也从木亡聲爾雅曰杗廇謂之梁武方切
槍 岠也从木倉聲一曰槍欀也七羊切
牀 安身之坐者从木爿聲徐鍇曰左傳薳子馮詐病掘地下冰而牀焉至於恭坐則席也故从爿爿則爿之省

[illegible]

五

象人衺身有所倚箸至於牆壯戕狀之屬皆从爿省聲李陽冰言木右爲片左爲爿音牆且說文無爿字其書亦異故知其妄仕莊切

梁 水橋也从木从水刅聲呂張切

𣹳 古文

椋 即來也从木京聲呂張切

橿 枋也从木畺聲一曰鉏柄名居良切

棠 牡曰棠牝曰杜从木尚聲徒郎切

桹 高木也从木良聲魯當切

橫 闌木也从木黃聲戶盲切

榜 所以輔弓弩从木旁聲補盲切臣鉉等案李舟切韻一音北孟切進船也又音北朗切木片也今俗作牓非

棚 棧也从木朋聲薄衡切

樘 衺柱也从木堂聲臣鉉等曰今俗別作撐非是丑庚切

棖 杖也从木長聲一曰法也宅耕切

枰 平也从木从平平亦聲蒲兵切

檠 榜也从木敬聲巨京切

柍 梅也从木央聲一曰江南橦材其實謂之柍於京切

榮 桐木也从木熒省聲一曰屋梠之兩頭起者爲榮永兵切

櫻 果也从木嬰聲烏莖切

橙 橘屬从木登聲丈庚切

朾 橦也从木丁聲宅耕切

栟 栟櫚也从木并聲府盈切

楨 剛木也从木貞聲上郡有楨林縣陟盈切

檉 河柳也从木聖聲敕貞切

楹 柱也从木盈聲春秋傳曰丹桓宮楹以成切

桯 牀前几从木呈聲他丁切

櫺 楯間子也从木霝聲郎丁切

柃 木也从木令聲郎丁切

桱 桱桯也東方謂之蕩从木巠聲古零切

枕

[illegible]从木乃聲讀若仍如乘切

棱 柧也从木夌聲魯登切

休 息止也从人依木許尤切

庥 休或从广

梂 櫟實一曰鑿首从木求聲巨鳩切

櫌 摩田器从木憂聲論語曰櫌而不輟於求切

櫾 崐崘河隅之長木也从木䌛聲以周切

楢 柔木也工官以為耎輪从木酋聲讀若糗以周切

楸 梓也从木秋聲七由切

椆 木也从木周聲讀若丩職留切

柔 木曲直也从木矛聲耳由切

棷 木薪也从木取聲側鳩切

桴 棟名从木孚聲附柔切

樓 重屋也从木婁聲洛侯切

樛 下句曰樛从木翏聲吉虯切

朻 高木也从木丩聲吉虯切

梣 青皮木从木岑聲子林切

梫 [illegible]寑省[illegible]

槮 木長皃从木參聲詩曰槮差荇菜所今切

橝 [illegible]梠前也从木覃聲一曰蠶槌徒含切

檐 㮰也从木詹聲臣鉉等曰今俗作簷非是余廉切

枮 木也从木占聲息廉切

櫼 楔也从木韱聲子廉切

枏 梅也从木冄聲汝閻切

椷 篋也从木咸聲古咸切

檆 木也从木煔聲臣鉉等曰今俗作杉非是所銜切

○

桶 木方受六升从木甬聲他奉切

棓 棁也从木咅聲步項切

枳 木似橘从木只聲諸氏切

杝 落也从木也聲讀若他池尒切

柅 木也實如梨从木尼聲女履切

[illegible]

[illegible]

黃木可染者从木危聲過委切

柀 檆也从木皮聲一曰析也甫委切

杘 籆柄也从木尸聲女履切

柅 杘或从木尼聲臣鉉等曰柅女氏切木若棃此重出

櫐 木也从木藟聲力軌切

𣡕 籒文

楑 木也从木癸聲又度也求癸切

机 木也从木几聲居履切

柹 赤實果从木𠂔聲鉏里切

梓 楸也从木宰省聲即里切

榟 或不省

㭒 臿也从木㠯聲一曰徙土輂齊人語也臣鉉等曰今俗作耜詳里切

梩 或从里

李 果也从木子聲良止切

杍 古文

杞 枸杞也从木己聲墟里切

棐 輔也从木非聲敷尾切

椲 木也可屈爲杅者从木韋聲于鬼切

柜 木也从木巨聲其呂切

杵 舂杵也从木午聲昌與切

楮 穀也从木者聲丑呂切

柠 楮或从宁

柔 栩也从木予聲讀若杼直呂切

杼 機之持緯者从木予聲直呂切

梠 楣也从木呂聲力舉切

栩 柔也从木羽聲其皁一曰樣況羽切

枸 木也可爲醬出蜀从木句聲俱羽切

楀 木也从木禹聲王矩切

枓 勺也从木从斗之庾切

柱 楹也从木主聲直主切

杜 甘棠也从木土聲徒古切

櫓 大盾也从木魯聲郎古切

樐 或从鹵

楛 木也从木苦聲詩曰榛楛濟濟侯古切

柢 木根也从

木氐聲都礼切

欚 江中大船名从木蠡聲盧啓切

檷 絡絲檷从木爾聲讀若柅奴礼切

棨 傳信也从木啟省聲康礼切

楷 木也孔子冢蓋樹之者从木皆聲苦駭切

采 捋取也从木从爪倉宰切

楯 闌楯也从木盾聲食允切

檃 括也从木隱省聲於謹切

梡 棞木薪也从木完聲胡本切

梱 門橛也从木困聲苦本切

本 木下曰本从木一在其下徐鍇曰一記其處也本末朱皆同義布忖切

𣎵 古文

棧 棚也竹木之車曰棧从木戔聲士限切

橺 大木皃从木間聲古限切

樿 木也可以為櫛从木單聲旨善切

橪 酸小棗从木然聲一曰染也人善切

槤 [illegible]也从木連聲臣鉉等曰今俗作璉非是里典切

杳 冥也从日在木下烏皎切

𣏕 相高也从木小聲私兆切

標 木杪末也从木㶾聲敷沼切

杪 木標末也从木少聲亡沼切

橚 長木皃从木肅聲山巧切

栲 山樗也从木丂聲苦浩切

杲 明也从日在木上古老切

槀 木枯也从木高聲苦浩切

⿰木咎 木也从木咎聲讀若皓古老切

橑 椽也从木尞聲盧浩切

果 木實也从木象果形在木之上古火切

朵 樹木垂朵朵也从木象形此與采同意丁果切

椯 箠也从木耑聲一曰揣度也一曰剟也兜果切

[illegible] 車笭中橫

橢器也从木隋聲徒果切

槎袤斫也从木差聲春秋傳曰山不槎側下切

檟楸也从木賈聲春秋傳曰樹六檟於蒲圃古雅切

椴木可作牀几从木段聲讀若賈古雅切

樣栩實从木羕聲徐兩切

杖持也从木丈聲臣鉉等曰今俗別作仗非是直兩切

枉衺曲也从木㞷聲迂往切

櫎所以几器从木廣聲一曰帷屏風之屬臣鉉等曰今別作幌非是胡廣切

杏果也从木可省聲何梗切

梗山枌榆有朿莢可爲蕪荑者从木更聲古杏切

⿰木省木參交以枝炊籅者也从木省聲讀若驪駕臣鉉等曰驪駕未詳所綆切

梬棗也似柹从木甹聲以整切

梃一枚也从木廷聲徒頂切

杽械也从木从手手亦聲敕九切

柳小楊也从木丣聲丣古文酉力九切

某酸果也从木从甘闕莫厚切

𣐞古文某从口

梫桂也从木侵省聲七荏切

枕臥所薦首者从木冘聲章荏切

栠弱皃从木任聲如甚切

栚槌之橫者也關西謂之㯂从木灷聲臣鉉等曰當从朕省直衽切

棪遬其也从木炎聲讀若三年導服之導以冉切

檿山桑也从木厭聲詩曰其檿其柘於琰切

槧牘樸也从木斬聲自琰切

檢書署也从木僉聲居奄切

槏戶也从木兼聲苦減切

檻櫳也从木監聲一曰圈胡黯切

○

棟極也

从木東聲多貢切

梇 木也从木弄聲益州有梇棟縣盧貢切

槌 關東謂之槌關西謂之持从木追聲直類切

樲 酸棗也从木貳聲而至切

柶 禮有柶柶匕也从木四聲息利切

檖 羅也从木㒸聲詩曰隰有樹檖徐醉切

樻 椐也从木貴聲求位切

柲 欑也从木必聲兵媚切

橨 木也从木賁聲房吻切

樹 生植之總名从木尌聲常句切

𣗳 籒文

枑 行馬也从木互聲周禮曰設梐枑再重胡誤切

棝 棝斗可射鼠从木固聲古慕切

棣 白棣也从木隶聲特計切

杕 樹皃从木大聲詩曰有杕之杜特計切

⿰木隸 木也从木隸聲郎計切

檵 枸杞也从木繼省聲一曰監木也古詣切

橞 木也从木惠聲胡計切

桂 江南木百藥之長从木圭聲古惠切

檕 繘耑木也从木毄聲古詣切

槥 棺櫝也从木彗聲祥歲切

槸 木相摩也从木埶聲魚祭切

蓺 槸或从艸

柰 果也从木示聲奴帶切

檜 栢葉松身从木會聲古外切

械 桎梏也从木戒聲一曰器之總名一曰持也一曰有盛爲械無盛爲器胡戒切

槶 筐當也从木國聲古悔切

栽 築牆長版也从木𢦏聲春秋傳曰楚圍蔡里而栽昨代切

槩 杚斗斛从木既聲工代切

杚

削木札樸也从木巿聲陳楚謂櫝爲柿芳吠切

杒 桎杒也从木刃聲而震切

梭 木也从木夋聲臣鉉等曰今人別音穌禾切以爲機杼之屬私閏切

櫬 棺也从木親聲春秋傳曰士輿櫬初僅切

檼 棼也从木㥯聲於靳切

楥 履法也从木爰聲讀若指撝吁券切

楗 限門也从木建聲其獻切

栫 以柴木壅也从木存聲徂悶切

榦 築牆耑木也从木倝聲臣鉉等曰今別作幹非是矢榦亦同古案切

案 几屬从木安聲烏旰切

楝 木也从木柬聲郎電切

榗 木也从木晉聲書曰竹箭如榗子幾切

桊 牛鼻中環也从木𢍏聲居倦切

校 木囚也从木交聲古孝切

櫂 所以進船也从木翟聲或从卓史記通用濯直教切

橈 曲木从木堯聲女教切

[木冒] 門樞之橫梁从木冒聲莫報切

楇 盛膏器从木咼聲讀若過乎臥切

榭 臺有屋也从木䠶聲詞夜切

柘 桑也从木石聲之夜切

樜 木出發鳩山从木庶聲之夜切

樗 木也以其皮裹松脂从木雩聲讀若華乎化切

檴 或从蒦

枊 馬柱从木卬聲一曰堅也吾浪切

桄 充也从木光聲古曠切

柄 柯也从木丙聲陂病切

棅 或从秉

榺 機持經者从木朕聲詩證切

[木亙] 竟也从木恆聲古鄧切

亙 古文[木亙]

柚

條也似橙而酢从木由聲夏書曰厥包橘柚余救切

槱　積火燎之也从木从火酉聲詩曰薪之槱之周禮以槱燎祠司中司命余救切

𥙓　柴祭天神或从示

椱　機持繒者从木复聲扶富切

構　蓋也从木冓聲杜林以爲椽桷字古后切

楙　冬桃从木敄聲讀若髦莫候切

槈　薅器也从木辱聲奴豆切

鎒　或从金

栝　炊竈木从木舌聲臣鉉等曰當从甛省乃得聲他念切

○榖　楮也从木㱿聲古祿切

檏　棗也从木僕聲博木切

楘　車歷錄束文也从木敄聲詩曰五楘梁輈莫卜切

樕　樸樕木从木欶聲桑谷切

櫝　匱也从木賣聲一曰木名又曰大梡也徒谷切

槭　木可作大[illegible]輮[illegible]木戚聲[illegible]切

柷　樂木空也所以止音爲節从木祝省聲昌六切

[illegible]　[illegible]也从[illegible]聲陟玉切

[illegible]　古文

梏　手械也从木告聲古沃切

欘　斫也齊謂之鎡錤一曰斤柄性自曲者从木屬聲陟玉切

梀　短椽也从木束聲丑錄切

梮　舉食者从木具聲俱燭切

桷　榱也椽方曰桷从木角聲春秋傳曰刻桓宮之桷古岳切

榷　水上橫木所以渡者也从木隺聲江岳切

楃　木帳也从木屋聲於角切

樂　五聲八音總名象鼓鞞木虡也五角切

樸　木素也从木菐聲匹角切

朴　木皮也从木卜聲匹角切

[illegible]

□也从木朔聲所角切
椓　擊也从木豖聲竹角切
桎　足械也从木至聲之日切
櫍　柎也从木質聲之日切
⿰木厀　木可爲杖从木厀聲親吉切
⿰木畢　木也从木畢聲卑吉切
橘　果出江南从木矞聲居聿切
櫛　梳比之總名也从木節聲阻瑟切
柫　擊禾連枷也从木弗聲敷勿切
橜　弋也从木厥聲一曰門梱也瞿月切
楬　楬桀也从木曷聲春秋傳曰楬而書之其謁切
橃　海中大船从木發聲臣鉉等曰今俗別作筏非是房越切
⿰木曶　高皃从木曶聲呼骨切
杚　平也从木气聲古沒切
⿰木獻　伐木餘也从木獻聲商書曰若顛木之有甹⿰木獻五葛切
櫱　⿰木獻或从木辥聲
不　古文⿰木獻从木無頭
枿　亦古文⿰木獻
楋　木也从木剌聲盧達切
末　木上曰末从木一在其上莫撥切
桰　檃也从木昏聲一曰矢栝築弦處古活切
柭　棓也从木犮聲北末切
札　牒也从木乙聲側八切
榝　似茱萸出淮南从木殺聲所八切
柮　斷也从木出聲讀若爾雅貀無前足之貀女滑切
榍　限也从木屑聲先結切
楶　欂櫨也从木咨聲子結切
桔　桔梗藥名从木吉聲一曰直木古屑切
臬　準的也从木从自李陽冰曰自非聲从劓省五結切
楔　櫼也从木契聲先結切
梲　木杖也从木兌聲之說切又他活切

棳 木也从木叕聲益州有掇縣職說切

栵 栭也从木𠛱聲詩曰其灌其栵良辥切

⿰木寽 木也从木寽聲力輟切

櫡 斫謂之櫡从木箸聲張略切

㯢 判也从木㡿聲易曰重門擊㯢他各切

欜 夜行所擊者从木橐聲易曰重門擊欜他各切

⿱㲋木 木葉陊也从木㲋聲讀若薄白各切

柞 木也从木乍聲在各切

椁 葬有木𩫏也从木高聲古博切

柏 鞠也从木白聲博陌切

格 木長皃从木各聲古百切

欂 壁柱从木薄省聲弼戟切

⿰木郤 角械也从木郤聲一曰木下白也其逆切

檗 黃木也从木辟聲博尼切

梀 桋也从木策省聲所尼切

柵 編樹木也从木从冊冊亦聲楚革切

⿰木寺 槌也从木特省聲陟革切

槅 大車枙从木鬲聲古覈切

⿰木役 橦樓也一曰燒麥柃⿰木役从木役聲与辟切

析 破木也一曰折也从木从斤先激切

樀 戶樀也从木啻聲爾雅曰擔謂之樀讀若滴都歷切

櫪 櫪㯕椑指也从木歷聲郎擊切

櫟 木也从木樂聲郎擊切

檄 二尺書从木敫聲胡狄切

樴 弋也从木戠聲之弋切

植 戶植也从木直声常職切

⿰木置 或从置

⿰木息 木也从木息聲相即切

⿰木畟 細理木也从木畟声子力切

杙 劉劉杙从木弋聲與職切

檍 杶也从木意聲于力切

⿰木害 梓屬大者可爲棺槨小者

可爲弓材从木意聲於力切

極棟也从亟聲渠力切

棫白桵也从木或聲于逼切

楅以木有所逼束也从木畐聲詩曰夏而楅衡彼即切

朸木之理也从木力聲平原有朸縣盧則切

槢木也从木習聲似入切

榙榙㯚果似李从木荅聲讀若嚃土合切

㯚榙㯚木也从木遝聲徒合切

柆折木也从木立聲盧合切

榼酒器也从木盍聲枯蹋切

榻牀也从木扇聲七盍切

枼楄也枼薄也从木世聲臣鉉等曰當从卅乃得聲卅蘇合切与涉切

极驢上負也从木及聲或讀若急其輒切

椄續木也从木妾聲子葉切

楫舟櫂也从木咠聲子葉切

欇木葉搖白也从木聶聲之涉切

㭘劍柙也从木合聲胡甲切

梜檢柙也从木夾聲古洽切

柙檻也以藏虎兕从木甲聲烏匣切

𠆳古文柙

文四百二十一　重三十九

文十一　新附

禿六無髮也从人上象禾粟之形取其聲凡禿之屬皆从禿王育說蒼頡出見禿人伏禾中因

以制字未知其審他谷切

穨 禿皃从禿貴聲杜回切

文二

彔 七 刻木彔彔也象形凡彔之屬皆从彔盧谷切

文一

鹿 八 獸也象頭角四足之形鳥鹿足相似从匕凡鹿之屬皆从鹿盧谷切

麋 鹿屬从鹿米聲麋冬至解其角武悲切

麒 仁獸也麋身牛尾一角从鹿其聲渠之切

麑 狻麑獸也从鹿兒聲五雞切

⿸鹿圭 鹿屬从鹿圭聲古攜切

麛 鹿子也从鹿弭聲莫兮切

麎 牝麋也从鹿辰聲植鄰切

麐 牝麒也从鹿吝聲力珍切

麟 大牝鹿也从鹿粦聲力珍切

麇 麞也从鹿囷省聲居筠切

麇 籀文不省。

麉 鹿之絕有力者从鹿幵聲古賢切

[illegible]

麃 麠屬从鹿票省聲薄交切

麚 牡鹿从鹿叚聲以夏至解角古牙切

麞 麇屬从鹿章聲諸良切

麠 大鹿也牛尾一角从鹿畺聲舉卿切 麖 或从京

麢 大羊而細角从鹿霝聲郎丁切

麀 牡鹿也从鹿从牡省於虯切 𪋇 或从幽聲

麙 山羊而大者細角从鹿咸聲胡毚切

○ 麂 大麋也狗足从鹿旨聲居履切 𪊧 或从几

麈 麋屬从鹿主聲之庾切

麔 麋牡者从鹿咎聲其久切

○ 𪊽 似鹿而大也从鹿與聲羊茹切

麗 旅行也鹿之性見食急則必旅行从鹿丽聲禮麗皮納聘蓋鹿皮也郎計切 丽 古文 𠁁 篆文麗字

䴡 鹿麛也从鹿耎聲讀若偄弱之偄奴亂切

麝 如小麋臍有香从鹿䠶聲神夜切

○ ⿸鹿速 鹿迹也从鹿速聲桑谷切

文二十六 重六

畗 九 滿也从高省象高厚之形 凡畗之屬皆从畗讀若伏 房六切又芳逼切

良 善也从畗省亡聲 徐鍇曰良甚也故从畗呂張切 𡆪 古文良 𥃩 亦古文良 𥃪 亦古文良

文二 重三

目 人眼象形重童子也凡目之屬皆从目 莫六切

⿴目 古文目

矇 童矇也一曰不明也从目蒙聲莫中切

眵 目傷眥也从目多聲一曰瞢兜叱支切

眭 深目也亦人姓从目圭聲許規切

睢 仰目也从目隹聲許惟切

䁞 目童子精也从目喜聲讀若禧許其切

⿱非目 大目也从目非聲芳微切

睎 望也从目稀省聲海岱之閒謂眄曰睎香衣切

盱 張目也从目于聲一曰朝鮮謂盧童子曰盱況于切

⿰目幵 蔽人視也从目幵聲讀若攜手一曰直視也又苦兮切

⿱幵目 ⿰目幵目或在下

睽 目不相聽也从目癸聲苦圭切

⿰目買 小視也从目買聲莫佳切

瞋 張目也从目真聲昌真切

⿰目戌 祕書瞋从戌

矉 恨張目也从目賓聲詩曰國步斯矉符真切

瞵 目精也从目粦聲力珍切

瞤 目動也从目閏聲如勻切

看 睎也从手下目苦寒切

⿰倝目 看或从倝

眢 目無明也从目夗聲一丸切

⿱般目 轉目視也从目般聲薄官切

瞞 平目也从目㒼聲母官切

眅 多白眼也从目反聲春秋傳曰鄭游眅字子明普班切

瞷 戴目也从目閒聲江淮之閒謂眄曰瞷戶閒切

○瞑 从目[illegible]冥亦聲臣鉉等曰今俗別作眠非是武延切

矏 目旁薄緻宀宀也从目臱聲武延切

瞗 目孰視也从目鳥聲讀若雕都僚切

睉 目小也从目坐聲臣鉉等曰案尚書元首叢脞哉叢脞猶細碎也今从肉非是昨禾切

相 省視也从目从木易曰地可觀者莫可觀於木詩曰相鼠有皮息良切

盲 目無牟子从目亡聲武庚切

瞏 目驚視也从目袁聲詩曰獨行瞏瞏渠營切

⿱𤇾目 惑也从目熒省聲戶扃切

⿰目攸 眣也从目攸聲敕鳩切

𥄂 脩或从ㄐ

眸 目童子也从目牟聲說文直作牟莫浮切

瞴 瞴婁微視也从目無聲莫浮切

眈 視近而志遠从目冘聲易曰虎視眈眈丁含切

瞻 臨視也从目詹聲職廉切

䀞 視也从目監聲古銜切

○眂 眂皃从目氏聲承旨切

眝 長眙也一曰張目也从目宁聲陟呂切

睹 見也从目者聲當古切

覩 古文从見

瞽 目但有朕也从目鼓聲公戶切

眯 艸入目中也从目米聲莫禮切

眕 目有所恨而止也从目㐱聲之忍切

眹 目精也从目𠔏聲案勝字賸皆从朕聲疑古以朕爲眹眞引切

⿰目爰 大目也从目爰聲況晚切

睔 目大也从目侖春秋傳有鄭伯睔古本切

盰 目多白也一曰張目也从目干聲古旱切

睅 大目也从目旱聲戶版切

睆 睅或从完

矕 目矕矕也从目䜌聲武版切

⿱臤目 大目也从目臤聲侯簡切

眼 目也从目艮聲五限切

睌 睌⿱臤目目視皃从目免聲武限切

睍 出目也从目見聲胡典切

⿰目㬈 目相戲也从目㬈聲詩曰㬈婉之求於殄切

⿰目縣 盧童子也从目縣聲胡畎切

⿰目亶 視而止也从目亶聲旨善切

⿰目瞏 兒初生瞥者从目瞏聲邦免切

窅 深目也从穴中目烏皎切

瞟 瞭也从目票聲敷沼切

眇 一目小也从目从少少亦聲亡沼切

⿰目冒 低目視也从目冒聲周書曰武王惟⿰目冒亡保切

矘 目無精直視也从目黨聲他朗切

眚 目病生翳也从目生聲所景切

瞍 無目也从目叜聲穌后切

瞫 深視也一曰下視也又竊見也从目覃聲式荏切

睒 暫視皃从目炎聲讀若白蓋謂之苫相似失冉切

瞼 目上下瞼也从目僉聲居奄切

○

眮 吳楚謂瞋目顧視曰眮从目同聲徒弄切

睡 坐寐也从目垂是僞切

𥄉 直視也从目必聲讀若詩云泌彼泉水兵媚切

眙 直視也从目台聲丑吏切

⿱弗目 目不明也从目弗聲普未切

⿰目祭 察也从目祭聲戚細切

眥 目匡也从目此聲在詣切

睼 迎視也从目是聲讀若珥瑱[illegible]

目小□□从目弟聲南　恨視
楚謂眄曰睇特計切　計切
省視也从目啓　衺視也从目
省聲苦系切　皃聲研計切
目際也从目　目不明也从目　目冥遠視
厓五隘切　末聲莫佩切　也从目勿
聲一曰久也一曰　目童子不正也从　謹鈍
旦明也莫佩切　目來聲洛代切　目也
从目𦎫聲　開闔目數搖也从目寅聲臣鉉
之閏切　等曰今俗別作瞬非是舒問切
大目出也从目　目多精也从目雚聲
軍聲古鈍切　益州謂瞋目曰矔古
玩　詩曰美目盼兮从　小兒白眼也从
切　目分聲匹莧切　目辡聲蒲莧切

目無常主也从　目搖也从目勻
目玄聲黃絢切　省聲黃絢切
旬或　視皃从目肙　目偏合也一曰
从旬　聲於絢切　衺視也秦語从
目丏聲　相顧視而行也从目从　顧
莫甸切　延延亦聲于線切　也
从目关聲詩曰乃　目不正也从目　目
眷西顧居倦切　兆聲他弔切　少
精也从目毛聲虞書　目病也从目
耄字从此亡報切　良聲力讓切
低目謹視也从　目睞謹也从目录
目敄聲莫候切　聲讀若鹿盧谷切
目順也从目坴聲一　古文睦　察也一曰
曰敬和也莫卜切　目痛也从

目叔聲冬毒切

眣 目不正也从目失聲丑栗切

眜 目不明也从目末聲莫撥切

⿰目取 短深目皃从目取聲烏括切

⿰目叉 搯目也从目叉烏括切

⿰目叏 涓目也从目叏聲臣鉉等曰當从決省古穴切

⿰目窅 目深皃从目窅讀若易曰勿卹之卹於悅切

瞥 過目也又目翳也从目敝聲一曰財見也普滅切

⿱蔑目 目眵也从目蔑省聲莫結切

眓 視高皃从目戉聲讀若詩曰施罛濊濊呼括切

矆 大視也从目蒦聲許縛切

⿰目各 眄也从目各聲盧各切

眽 目財視也从目𠂢聲莫獲切

睗 目疾視也从目易聲施隻切

⿰目脩 失意視也从目脩聲他歷切

眔 目相及也从目从隶省徒合切

䀹 目旁毛也从目夾聲子葉切

䁕 目陷也从目咸聲苦夾切

眨 動目也从目乏聲側洽切

文百十三　重九

文六　新附

尗 十一 豆也象尗豆生之形也凡尗之屬皆从尗　式竹切

敊 配鹽幽尗也从尗支聲是義切

豉

文三　重一

肉 十二 胾肉象形凡肉之屬皆从肉　如六切

腔 肉空也从肉从空空亦聲苦江切　胑 體四胑也从肉只聲章移切　肢 胑或从支

腄 瘢胝也从肉垂聲竹垂切　脾 土藏也从肉卑聲符支切　脂 戴角者脂無角者高从肉旨聲旨夷切

胵 鳥胃也从肉至聲一曰胵五藏總名也處脂切

脽 尻也从肉隹聲示隹切　胝 腄也从肉氐聲竹尼切　肌

肉也从肉几聲居夷切　膍 牛百葉也从肉𣬈聲一曰鳥膍胵房脂切　𦙄 膍或从比

胹 爛也从肉而聲如之切　腝 有骨醢也从肉耎聲人移切　臡 腝或从難

肥 多肉也从肉从卪臣鉉等曰肉不可過多故从卪符非切　腓 脛腨也从肉非聲符飛切

⿰月幾 頰肉也从肉幾聲讀若畿居衣切　腒 北方謂鳥腊曰腒从肉居聲傳曰堯如腊舜如腒九魚切

胥 蟹醢也从肉疋聲相居切　胆 蠅乳肉中也从肉且聲七余切

臚 皮也从肉盧聲力居切　膚 籀文臚　臞

少肉也从肉瞿聲其俱切　朐 脯挺也从肉句聲其俱切　膢 楚俗以二月祭飲食也从

[illegible]
腴 腹下肥也从肉臾聲羊朱切
胡 牛顄垂也从肉古聲戶孤切
膴 無骨腊也楊雄說鳥腊也从肉無聲周禮有膴判讀若謨荒鳥切
臍 朏臍也从肉齊聲徂兮切
膎 脯也从肉奚聲戶皆切
⿰肉皆 臞也从肉皆聲古諧切
朘 赤子陰也从肉夋聲或从血子回切
肧 婦孕一月也从肉不聲匹桮切
腜 婦始孕腜兆也从肉某聲莫桮切
脢 背肉也从肉每聲易曰咸其脢莫桮切
胲 足大指毛也从肉亥聲古哀切
胎 婦孕三月也从肉台聲土來切
胂 夾脊肉也从肉申聲矢人切
䐜 起也从肉眞聲昌眞切
肫 面頯也从肉屯聲章倫切

脣 口耑也从肉辰聲食倫切
𦣍 古文脣从頁
肝 木藏也从肉干聲古寒切
○
肩 髆也从肉象形古賢切
肩 俗肩从戶
胘 牛百葉也从肉弦省聲胡田切
肙 小蟲也从肉口聲一曰空也烏玄切臣鉉等曰肙音韋
肰 犬肉也从犬肉讀若然如延切
𦙴 古文肰
𦙦 亦古文肰
脠 生肉醬也从肉延聲丑連切
膫 牛腸脂也从肉尞聲詩曰取其血膫洛蕭切
𦡷 膫或从勞省聲
膮 豕肉羹也从肉堯聲許幺切
肴 啖也从肉爻聲徐鍇曰謂已修庖之可食也胡茅切
[seal] 呪也作之以虎从肉[illegible]聲古[illegible]切

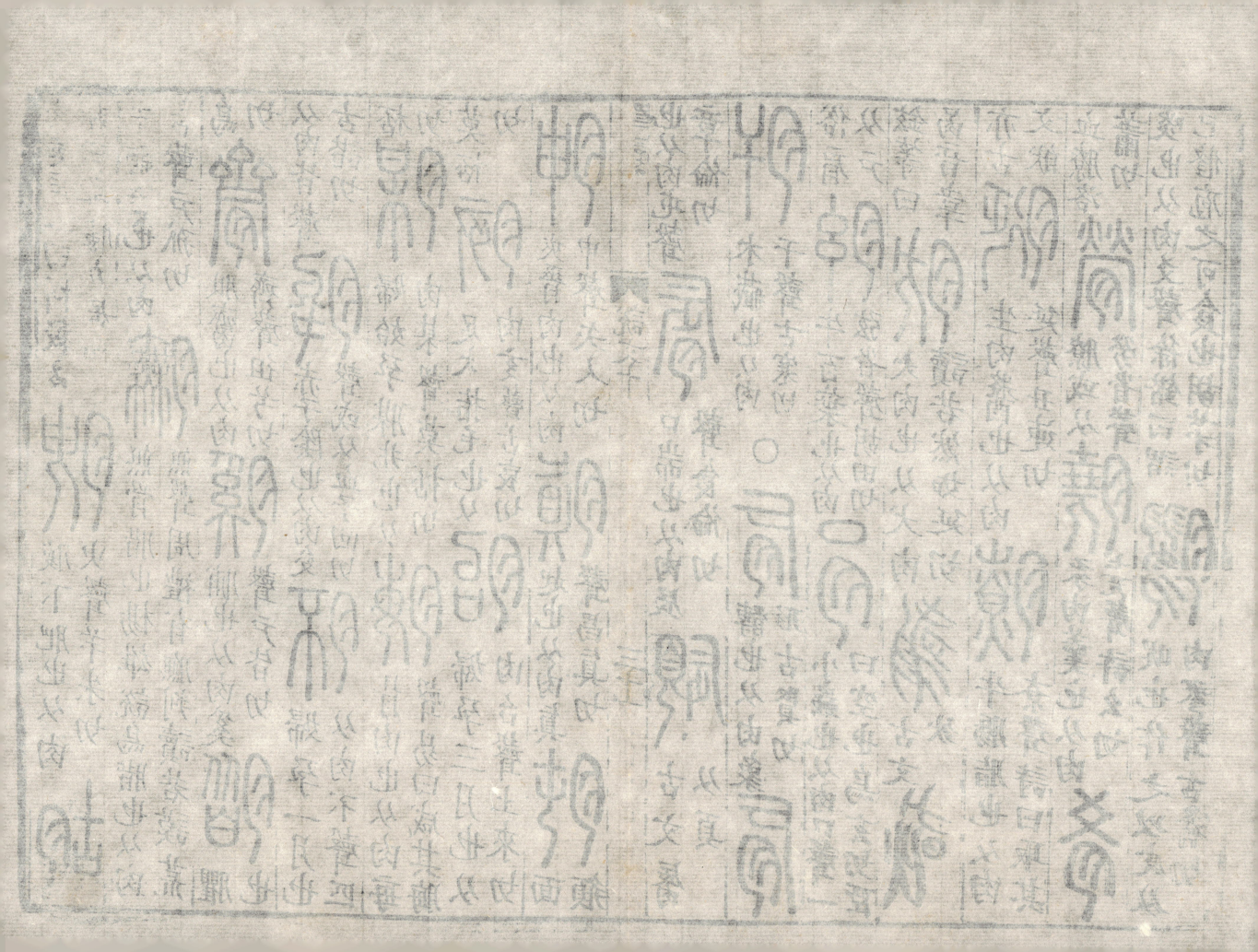

脬 膀光也从肉孚聲匹交切

膏 肥也从肉高聲古勞切

臊 豕膏臭也从肉喿聲穌遭切

肪 肥也从肉方聲甫良切

腸 大小腸也从肉昜聲直良切

膀 脅也从肉旁聲步光切

髈 膀或从骨

肓 心上鬲下也从肉亡聲春秋傳曰病在肓之下呼光切

胻 脛耑也从肉行聲戶更切

胜 犬膏臭也从肉生聲一曰不孰也桑經切

脀 騃也从肉丞聲讀若丞署陵切

膺 胷也从肉𤸰聲於陵切

肬 贅也从肉尤聲羽求切

黕 籀文肬从黑

脙 齊人謂臞脙也从肉求聲讀若休止巨鳩切

肍 孰肉醬也从肉九聲讀若舊巨鳩切

脩 脯也从肉攸聲息流切

腬 嘉善肉也从肉柔聲耳由切

䐹 乾魚尾䐹䐹也从肉肅聲周禮有腒䐹所鳩切

○

腫 癰也从肉重聲之隴切

𦙶 食所遺也从肉仕聲易曰噬乾𦙶阻史切

胏 楊雄說𦙶从巿

脯 乾肉也从肉甫聲方武切

腐 爛也从肉府聲扶雨切

股 髀也从肉殳聲公戶切

䏿 肥腸也从肉啓省聲康禮切

胗 脣瘍也从肉㐱聲之忍切

疹 籀文胗从疒

腎 水藏也从肉臤聲時忍切

⿰月忍 朐腮也从肉忍聲尺尹切

膹 䐹也从肉賁聲房吻切

⿰月員 切孰肉內於血中和

也从肉員聲讀若遜穌本切
脘 胃府也从肉完聲讀若患舊云脯古夘切
膻 肉膻也从肉亶聲詩曰膻裼暴虎徒旱切
腆 設膳腆腆多也从肉典聲他典切
⿰月典 古文腆
臇 臛也从肉雋聲讀若纂子沇切
⿰火巽 臇或从火巽
膳 具食也从肉善聲常衍切
膞 切肉也从肉專聲市沇切
腨 腓腸也从肉耑聲市沇切
臠 臞也从肉䜌聲一曰切肉臠也詩曰棘人臠臠兮力沇切
膘 牛脅後髀前合革肉也从肉票聲讀若繇敷紹切
⿰月貞 [illegible]也从肉貞聲穌果切
隋 裂肉也从肉从隓省徒果切
𦝠 或曰嘼名象形闕郎果切
脼 膎肉也从肉兩聲良獎切
⿰月襄 益州鄙言人盛諱其肥謂之⿰月襄从肉襄聲如兩切
肎 骨閒肉肎肎箸也从肉从冎省一曰骨無肉也苦等切
⿰月冋 古文肎
肘 臂節也从肉从寸寸手寸口也陟柳切
䏞 豕肉醬也从肉否聲薄口切
⿰月冘 肉汁滓也从肉冘聲他感切
膽 連肝之府从肉詹聲都敢切
○
臂 手上也从肉辟聲卑義切
膩 上肥也从肉貳聲女利切
胾 大臠也从肉𢦏聲側吏切
胃 穀府也从肉圏象形云貴切
胙 祭福肉也从肉乍聲臣鉉等曰今俗別作祚非是昨誤切
胯 股也从肉夸聲苦故切
脃 小耎易斷也从肉从絕省此芮切
膾 細切肉也从肉會聲古外切
背 脊也从肉北聲補妹切
肺

金藏也从肉巿聲芳吠切

胤 子孫相承續也从肉从八象長也从幺象重累也羊晉切

𦙍 古文胤

□ 瘢也从肉引聲一曰遽也羊晉切

□ 胊䏰蟲名漢中有胊䏰縣地下多此蟲因以爲名从肉句聲考其義當作潤蠢如順切

脪 創肉反出也从肉希聲香近切

肒 搔生創也从肉九聲胡岸切

散 雜肉也从肉㪔聲穌旰切

朓 祭也从肉兆聲土了切

肖 骨肉相似也从肉小聲不似其先故曰不肖也私妙切

臑 臂羊矢也从肉需聲讀若襦那到切

脛 胻也从肉巠聲胡定切

腥 星見食豕令肉中生小息肉也从肉从星星亦聲穌佞切

胄 胤也从肉由聲直又切

脰 項也从肉豆聲徒候切

□ 食肉不猒也从肉臽聲讀若陷戶猎切

○

腹 厚也从肉复聲方六切

□ 血祭肉也从肉帥聲呂戌切

膟 □或从率

肸 振肸也从肉八聲許訖切

腯 牛羊曰肥豕曰腯从肉盾聲他骨切

脫 消肉臞也从肉兌聲徒活切

胅 骨差也从肉失聲讀與跌同徒結切

□ 孔也从肉决省聲讀若決水之決古穴切

□ 肥肉也从肉必聲蒲結切

膬 耎易破也从肉毳聲七絕切

腏 挑取骨間肉也从肉叕聲讀若詩曰啜其泣矣陟劣切

脟 脅肉也从肉寽聲一曰脟腸間肥也一曰膫也力輟切

□ 肉表

革裏也从肉弱聲而勺切

腳 脛也从肉卻聲居勺切

膊 薄脯膊之屋上从肉尃聲匹各切

膜 肉間胲膜也从肉莫聲慕各切

臛 肉羹也从肉隺聲呼各切

胳 亦下也从肉各聲古洛切

膌 瘦也从肉脊聲資昔切

㾊 古文膌从疒从朿朿亦聲

肊 胷骨也从肉乙聲於力切

臆 肊或从意

肋 脅骨也从肉力聲盧則切

臘 冬至後三歲臘祭百神从肉巤聲盧盍切

䐑 薄切肉也从肉枼聲直葉切

脅 兩膀也从肉劦聲虚業切

胠 亦下也从肉去聲去劫切

腌 漬肉也从肉奄聲於業切

文一百四十 重二十

文五 新附

竹 十三 冬生艸也象形下垂者箁箬也凡竹之屬皆从竹 陟玉切

筩 斷竹也从竹甬聲徒紅切

籠 舉土器也一曰笭也从竹龍聲盧紅切

䈵 竹皃从竹翁聲烏紅切

籭 竹器也可以取粗去細从竹麗聲所宜切

⿱竹是 簧屬从竹是聲是支切

⿱竹鼻 筡也从竹鼻聲武移切

⿱竹勿

邊小屋也从竹移聲故文通用誃弋支切
笞 擊也从竹台聲丑之切
[竹𦣝] 取蟣比也从竹𦣝聲居之切
[竹微] 竹也从竹微聲無非切
[竹𢼸] 籀文从微省
籧 籧篨粗竹席也从竹遽聲彊魚切
篨 籧篨也从竹除聲直魚切
竽 管三十六簧也从竹亏聲羽俱切
筟 筳也从竹孚聲讀若春秋魯公子彄又芳無切
符 信也漢制以竹長六寸分而相合从竹付聲防無切
䈰 飯筥也受五升从竹稍聲秦謂筥曰䈰山樞切
[竹朱] 棒雙也从竹朱聲陟輸切
筡 折竹笢也从竹余聲讀若絮同都切
籚 積竹矛戟矜也从竹盧聲春秋國語曰朱儒扶籚洛乎切

箛 吹鞭也从竹孤聲古乎切
笄 簪也从竹幵聲古兮切
[竹𣬉] 導也今俗謂之篦从竹𣬉聲邊兮切
[竹怠] 竹萌也从竹怠聲徒哀切
筠 竹皮也从竹均聲王春切
籓 大箕也从竹潘聲一曰蔽也甫煩切
[竹殿] 榜也从竹殿聲臣鉉等曰當从臀省聲徒魂切
竿 竹梃也从竹干聲古寒切
簞 笥也从竹單聲漢律令簞小筐也傳曰簞食壺漿都寒切
籣 所以盛弩矢人所負也从竹闌聲洛干切
篿 圜竹器也从竹專聲度官切
○箋 表識書也从竹戔聲則前切
籩 竹豆也从竹邊聲布玄切
[籀文] 籀文籩
筵 竹席也从竹延聲[illegible]

禮曰度堂以筵筵一丈以然切

篇 書也一曰關西謂榜曰篇从竹扁聲芳連切

箯 竹輿也从竹便聲房連切

篅 以判竹圜以盛穀也从竹耑聲市緣切

簫 參差管樂象鳳之翼从竹肅聲穌彫切

簝 宗廟盛肉竹器也从竹尞聲周禮供盆簝以待事洛蕭切

筊 竹索也从竹交聲胡茅切

𥳓 陳留謂飯帚曰𥳓从竹捎聲一曰飯器容五升一曰宋魏謂箸筩爲𥳓所交切

篙 所以進船也从竹高聲古牢切

𥬠 箠也从竹朵聲陟瓜切

箱 大車牝服也从竹相聲息良切

笐 竹列也从竹亢聲古郎切

簧 笙中簧也从竹黃聲古者女媧作簧戶光切

篁 竹田也从竹皇聲戶光切

笙 十三簧象鳳之身也笙正月之音物生故謂之笙大者謂之巢小者謂之和从竹生聲古者隨作笙所庚切

箏 鼓弦竹身樂也从竹爭聲側莖切

籯 笭也从竹贏聲以成切

筳 維絲筦也从竹廷聲特丁切

笭 車笭也从竹令聲一曰笭籯也郎丁切

簦 笠蓋也从竹登聲都滕切

籌 壺矢也从竹壽聲直由切

䉧 竹聲也从竹劉聲力求切

篝 笿也可熏衣从竹冓聲宋楚謂竹篝牆以居也古侯切

箁 竹箬也从竹咅聲薄侯切

篼 飲馬器也从竹兜聲當侯切

簍 竹籠也从竹婁聲洛侯切

箴 綴衣箴也从竹咸聲職深切

切

篸 差也从竹參聲所今切

籃 大篝也从竹監聲魯甘切

𥫗 古文籃如此

籤 驗也一曰銳也貫也从竹韱聲七廉切

䈴 蔽絮簣也从竹沾聲讀若錢昨鹽切

笘 折竹箠也从竹占聲潁川人名小兒所書寫爲笘失廉切

𥳓 搔馬也从竹剡聲丑廉切

籢 鏡籢也从竹斂聲力鹽切

簾 堂簾也从竹廉聲力鹽切

箝 籋也从竹拑聲巨淹切

䉷 惟射所蔽者也从竹嚴聲語杴切

○簁 簁箄竹器也从竹徙聲所綺切

箠 擊馬也从竹垂聲之壘切

箄 簁箄也从竹卑聲并弭切

簋 黍稷方器也从竹从皿从皀居洧切

𠥘 古文簋从匚飢

匭 古文簋或从軌

朹 亦古文簋

笫 牀簀也从竹𠂔聲阻史切

篚 車笭也从竹匪聲敷尾切

籞 禁苑也从竹御聲春秋傳曰澤之自籞魚舉切

篽 籞或从又魚聲

筥 䈞也从竹呂聲居許切

籧 飲牛筐也从竹豦聲方曰筐圜曰籧居許切

簠 黍稷圜器也从竹从皿甫聲方矩切

匚夫 古文簠从匚从夫

筍 竹胎也从竹旬聲思允切

笢 竹膚也从竹民聲武盡切

箘 箘簬也从竹囷聲一曰博棊也渠隕切

笨 竹裏也从竹本聲布忖切

𥬜 篅也从竹屯聲徒損切

管 如篪六孔十二月之音物開地牙故謂之管从竹官聲古滿切

琯

古者玉琯以玉舜之時西王母來獻其白琯前零陵文學姓奚於伶道舜祠下得笙玉琯夫以玉作音故神人以和鳳皇來儀也从玉官聲

筦 竽也从竹完聲古滿切

算 數也从竹从具讀若筭蘇管切

篹 竹器也从竹贊聲讀若纂一曰叢作管切

簡 牒也从竹間聲古限切

篆 引書也从竹彖聲持兖切

筱 箭屬小竹也从竹攸聲先杳切

篎 小管謂之篎从竹眇聲亡沼切

䈙 剖竹未去節謂之䈙从竹將聲即兩切

⿱竹襄 裛也从竹襄聲如兩切

簜 大竹也从竹湯聲夏書曰瑤琨筱簜簜可爲幹筱可爲矢徒朗切

⿱竹昜 大竹筩也从竹昜聲徒朗切

筤 籃也从竹良聲盧黨切

等 齊簡也从竹从寺寺官曹之等平也多肯切

箁 蒻芰也从竹部聲薄口切

籔 炊䉛也从竹數聲蘇后切

笵 法也从竹竹簡書也氾聲古法有竹刑防受切

○

筒 通簫也从竹同聲徒弄切

⿱竹夅 桮笿也从竹夅聲或曰盛箸籠古送切

箅 蔽也所以蔽甑底从竹畀聲必至切

笥 飯及衣之器也从竹司聲相吏切

箸 飯攲也从竹者聲陟慮切又遲倨切

簬 箘簬也从竹路聲夏書曰惟箘簬楛洛故切

簵 古文簬从輅

笯 鳥籠也从竹奴聲乃故切

⿱竹互 可以收繩也从竹象形中象

人手所推握也胡誤切

互 笠或省

筮 易卦用蓍也从竹从𢀚𢀚古文巫字時制切

笍 羊車騶箠也箸箴其耑長半分从竹内聲陟衛切

籟 三孔龠也大者謂之笙其中謂之籟小者謂之箹从竹賴聲洛帶切

簺 行棊相塞謂之簺从竹从塞塞亦聲先代切

䈇 蔽不見也从竹愛聲烏代切

⿱竹刪 竹器也从竹刪聲蘇旰切

筭 長六寸計歷數者从竹从弄言常弄乃不誤也蘇貫切

箭 矢也从竹前聲子賤切

笑 此字本闕臣鉉等案孫愐唐韻引說文云喜也从竹从犬而不述其義今俗皆从犬又案李陽冰刊定說文从竹从夭義云竹得風其體夭屈如人之笑未知其審私妙切

篍 吹筩也从竹秋聲七肖切

箇 竹枚也从竹固聲古賀切

籒 讀書也从竹擂聲春秋傳曰卜籒云直又切

簟 竹席也从竹覃聲徒念切

○

簏 竹高篋也从竹鹿聲盧谷切

箓 簏或从彔

箙 弩矢箙也从竹服聲周禮仲秋獻矢箙房六切

筑 以竹曲五弦之樂也从竹从巩巩持之也竹亦聲張六切

⿱竹奧 漉米籔也从竹奧聲於六切

箹 小籟也从竹約聲於角切

箾 以竿擊人也从竹削聲虞舜樂曰箾韶所角切又音簫

籗 罩魚者也从竹霍聲竹角切

篧 籗或省

篳 藩落也从竹畢聲春秋傳曰篳門圭窬卑吉切

笏

笏 公及士所搢也从竹勿聲案籒文作𦣞象形義云佩也古笏佩之此字後人所加呼骨切

笪 笞也从竹旦聲當割切

節 竹約也从竹即聲子結切

籥 書僮竹笘也从竹龠聲以灼切

箬 楚謂竹皮曰箬从竹若聲而勺切

篗 收絲者也从竹蒦聲王縛切

𥳑 篗或从竹从閒

笿 桮笿也从竹各聲盧各切

簙 局戲也六箸十二棊也从竹博聲古者烏冑作簙補各切

筰 筊也从竹作聲在各切

笮 迫也在瓦之下棼上从竹乍聲阻厄切

策 馬箠也从竹朿聲楚革切

簀 牀棧也从竹責聲阻厄切

籍 簿書也从竹耤聲秦昔切

笛 七孔筩也从竹由聲羌笛三孔徐鍇曰當从冑省乃得聲徒歷切

笠 簦無柄也从竹立聲力入切

䈎 籥也从竹枼聲与接切

籋 箝也从竹爾聲臣鉉等曰爾非聲未詳尼輒切

箑 扇也从竹疌聲山洽切

𥯂 箑或从妾

文百四十四 重十五

文五 新附

六 易之數陰變於六正於八从入从八凡六之屬皆从六力竹切

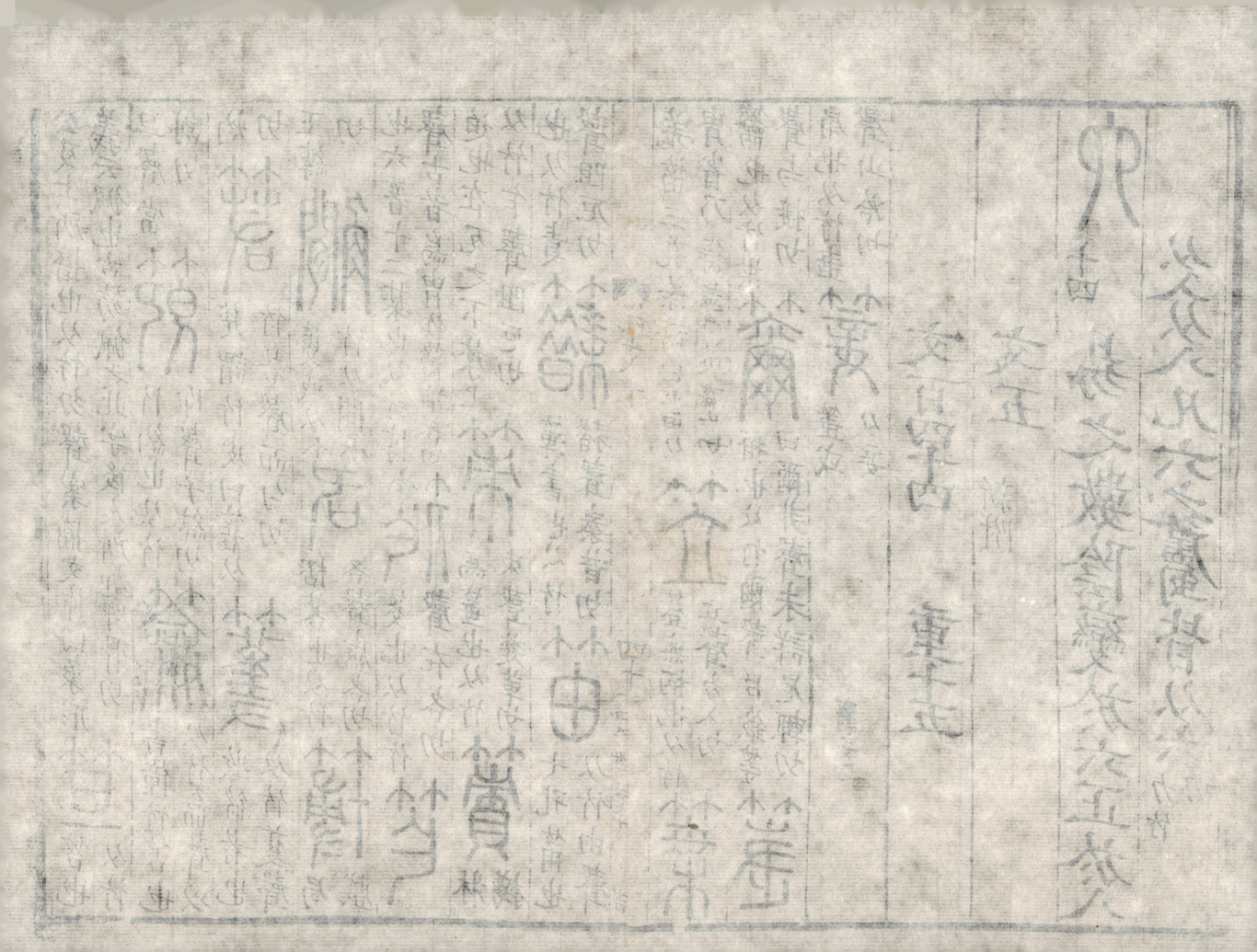

文一

𦥑 廿五 叉手也从𠀎彐凡𦥑之屬皆从𦥑 居玉切

要 身中也象人要自𦥑之形从𦥑交省聲於消切又於笑切 [illegible] 古文要

文二　重一

菐 十六 瀆菐也从丵从廾廾亦聲凡菐之屬皆从菐 臣鉉等曰瀆讀爲煩瀆之瀆一本注云丵衆多也兩手奉之是煩瀆也蒲沃切

[illegible] 賦事也从菐从八八分之也八亦聲讀若頒一曰讀若非布還切 ○

僕 給事者从人从菐菐亦聲蒲沃切 [illegible] 古文从臣

文三　重一

束 十七 縛也从口木凡束之屬皆从束 書玉切

柬 分別簡之也从束从八八分別也古限切

[illegible] 小束也从束幵聲讀若繭古典切

典切

○剌 戾也从束从刀刀者刺之也徐鍇曰刺乖違也束而乖違者莫若刀也盧達切

文四

蓐 十八 陳艸復生也从艸辱聲一曰蔟也凡蓐之屬皆从蓐 而蜀切

蓐 籀文蓐从茻

薅 拔去田艸也从蓐好省聲 呼毛切

𦽉 籀文薅省

茠 薅或从休詩曰既茠荼蓼

文二 重三

足 十九 人之足也在下从止口凡足之屬皆从足 徐鍇曰口象股脛之形即玉切

跂 足多指也从足支聲 巨支切

踦 一足也从足奇聲 去奇切

躨 脛肉也一曰曲脛也从足弃聲讀若逵 渠追切

䠧 跱䠧不前也从足屠聲 直魚切

跔 天寒足跔也从足句聲 其俱切

躣 行皃从足瞿聲 其俱切

踰 越也从足俞聲 羊朱切

躋 登也从足齊聲商書曰予顛躋 祖雞切

蹏 足也从足虒聲 杜

兮切

䟴 動也从足辰聲側鄰切

蹲 踞也从足尊聲徂尊切

跟 足踵也从足艮聲古痕切

□ 或从止 ○

蹁 足不正也从足扁聲一曰拖後足馬讀若苹或曰編部田切

蹎 跋也从足真聲都年切

躚 蹁躚旋行从足䙴聲穌前切

躔 踐也从足廛聲直連切

跧 蹴也一曰卑也絭也从足全聲莊緣切

跳 蹶也从足兆聲一曰躍也徒遼切

□ 跳也从足䍃聲余招切

蹉 蹉跎失時也从足差聲臣鉉等案經史通用差池此亦後人所加七何切

跎 蹉跎也从足它聲徒何切

□ 足所履也从足叚聲乎加切

蹌 動也从足倉聲七羊切

蹡 行皃从足將聲詩曰管磬蹡蹡七羊切

踼 跌踼也从足昜聲一曰搶也徒郎切

□ 曲脛馬也从足方聲讀與彭同薄庚切 ○

踵 追也从足重聲一曰往來皃

踊 跳也从足甬聲余隴切

𧿹 觸也从足氏聲承旨切

躧 舞履也从足麗聲所綺切

□ 或从革

跪 拜也从足危聲去委切

跽 長跪也从足忌聲渠几切

距 雞距也从足巨聲其呂切

踽 疏行皃从足禹聲詩曰獨行踽踽區主切

□ 瘃足也从足困聲苦本切

躖 踐處也从足斷省聲徒管切

跣 足親地也从足先聲穌典切

踐 履也从足戔聲

[illegible]

衍切

蹇 跛也从足寒省聲臣鉉等案易王臣蹇蹇今俗作謇非九輦切

跛 行不正也从足皮聲一曰足排之讀若彼布火切

踝 足踝也从足果聲胡瓦切

踸 踸踔行無常皃从足甚聲丑甚切

○躓 跲也从足質聲詩曰載躓其尾陟利切

跀 跀也从足非聲讀若匪扶味切

踞 蹲也从足居聲居御切

卧 趣越皃从足卜聲芳遇切

路 道也从足从各臣鉉等曰言道路人各有適也洛故切

踶 躗也从足是聲特■切

𨂂 述也从足世聲丑例切

躛 衛也从足衛聲于歲切

蹛 踶也从足帶聲當蓋切

䟺 步行獵跋也从足貝聲博蓋切

蹸 轢也从足粦聲良刃切

趼 獸足企也从足幵聲五甸切

踔 踶也从足卓聲知教切

蹈 踐也从足舀聲徒到切

踒 足跌也从足委聲烏過切

跨 渡也从足夸聲苦化切

跨 踞也从足夸聲苦化切

蹬 蹭蹬也从足登聲徒亘切

蹭 蹭蹬失道也从足曾聲七鄧切

○蹴 躡也从足就聲七宿切

蹙 迫也从足戚聲臣鉉等案李善文選注通蹴字子六切

踧 行平易也从足叔聲詩曰踧踧周道子六切

儵 疾也長也从足攸聲式竹切

躅 蹢躅也从足蜀聲直錄切

𨁎 跳也从足弗聲敷勿切

跀 斷足

也从足月聲魚厥切 ⿰足兀 跀或从兀 䟕 輕也从足戉聲王伐切 蹶
僵也从足厥聲一曰跳也亦讀若橜居月切 ⿰足闕 蹶或从闕 踤 觸也从足卒聲
一曰駭也一曰蒼踤昨沒切 跋 蹎跋也从足犮聲北末切 跌 踼也从足失聲一曰
越也徒結切 趹 馬行皃从足決省聲古穴切 蹩 踶也从足敝聲一曰
跛也蒲結切 躍 迅也从足翟聲以灼切 蹻 舉足行高也从足喬聲詩曰
小子蹻蹻居勺切 躩 足躩如也从足矍聲丘縛切 踄 蹈也从足步聲旁各
切又音步 蹐 小步也从足脊聲詩曰不敢不蹐資昔切 踖 長脛行也从足昔聲

一曰踧踖資昔切 蹠 楚人謂跳躍曰蹠从足庶聲之石切 跖 足下也从足石聲之
石切 蹢 住足也从足適省聲或曰蹢躅賈侍中說足垢也直隻切 踣 僵也
从足咅聲春秋傳曰晉人踣之蒲北切 䟨 進足有所擷取也从足及聲爾雅曰䟨謂之擷
穌合切 𨂂 蹋也从足荅聲他合切 蹋 踐也从足𦐇聲徒盍切 躡
蹈也从足聶聲尼輒切 ⿱執足 ⿱執足足也从足執聲徒俠切 跲 躓也从足合聲居怯
切

文八十五 重四

文七 新附

曲 二十 象器曲受物之形或說曲蠶薄也凡曲之屬皆从曲 丘玉切

𠃋 古文曲

𠙹 古器也从曲甶聲 丘刀切 ○

𤮮 甂曲也从曲玉聲 丘玉切

文三 重一

玉 一 二十 石之美有五德潤澤以溫仁之方也䚡理自外可以知中義之方也其聲舒揚尃以遠聞智之方也不橈而折勇之方也銳廉而不技絜之方也象三玉之連丨其貫也凡玉之屬皆从玉 陽冰曰三畫正均如貫玉也 魚欲切

𠙻 古文玉

璁 石之似玉者从玉悤聲讀若蔥 倉紅切

玒 玉也从玉工聲 戶工切

琮 瑞玉大八寸似車釭从玉宗聲 藏宗切

瓏 禱旱玉龍文从玉从龍龍亦聲 力鍾切

⿰王厶 石之似王者从王ム聲讀與私同息夷切

琟 石之似王者从王隹聲讀若維以追切

瑂 石之似王者从王眉聲讀若眉武悲切

⿰王匜 石之似王者从王匜聲讀若貽與之切

璂 弁飾往往冒王也从王綦聲渠之切

琪 璂或从基

璣 珠不圜也从王幾聲居衣切

琚 瓊琚从王居聲詩曰報之以瓊琚九魚切

璩 環屬从王豦聲見山海經彊魚切

璵 璵璠也从王與聲以諸切

玗 石之似王者从王亏聲羽俱切

璑 三采王也从王無聲武扶切

珠 蚌之陰精从王朱聲春秋國語曰珠以禦火灾是也章俱切

瑜 瑾瑜美王也从王俞聲羊朱切

瑚 珊瑚也从王胡聲戶吳切

瑎 黑石似王者从王皆聲讀若諧戶皆切

瑰 玫瑰从王鬼聲一白圜好公回切

瓃 王器也从王畾聲臣鉉等案靁字注象回轉之形畾不成字凡从畾者並當从靁省魯回切

玫 火齊玫瑰也一曰石之美者从王文聲莫桮切

⿱來王 ⿱來王瓄王也从王來聲落哀切

璡 石之似王者从王進聲讀若津將鄰切

玭 珠也从王比宋弘云淮水中出玭珠玭珠之有聲步因切

蠙 夏書玭从虫賓

珉 石之美者从王民聲武巾切

珍 寶也从王㐱聲陟鄰切

珣 醫無閭之珣玗琪周書所謂夷王也从王旬聲一曰器讀若宣相倫切又音荀須倫切

⿰王見

石之似玉者从玉艮聲語巾切㺬石之似玉者从玉言聲語軒切璠璵璠魯之

寶玉从玉番聲孔子曰美哉璵璠遠而望之奐若也近而視之瑟若也一則理勝二則孚勝附袁切琨

石之美者从玉昆聲虞書曰揚州貢瑤琨古渾切瑻琨或从貫璊玉經色也从玉

㒼聲禾之赤苗謂之虋言璊玉色如之莫奔切玧璊或从允玕琅玕也从玉干聲禹

貢雝州球琳琅玕古寒切𤤗古文玕珊珊瑚色赤生於海或生於山从

玉刪省聲穌干切瓛桓圭公所執从玉獻聲胡官切環璧也肉好若一謂之

環从玉睘聲戶關切　○瑄璧六寸也从玉宣聲須緣切璿美玉也从玉睿

聲春秋傳曰璿弁玉纓似沿切璿古文璿𤩽籀文璿琱治玉

也一曰石似玉从玉周聲都寮切璙玉也从玉尞聲洛蕭切瑤玉之美者

从玉䍃聲詩曰報之以瓊瑤余招切珧蜃甲也所以飾物也从玉兆聲禮云佩刀天

子玉琫而珧珌余昭切珂玉也从玉可聲苦何切瑳玉色鮮白从玉差聲

七何切瑕玉小赤也从玉叚聲乎加切珈婦人首飾从玉加聲詩曰副笄六

珈古牙切瑲玉聲也从玉倉聲詩曰鞗革有瑲瑲七羊切璋剡上爲圭半圭爲璋

从玉章聲禮六幣圭以馬璋以皮璧以帛琮以錦琥以繡璜以黼諸良切璫華飾也从玉當

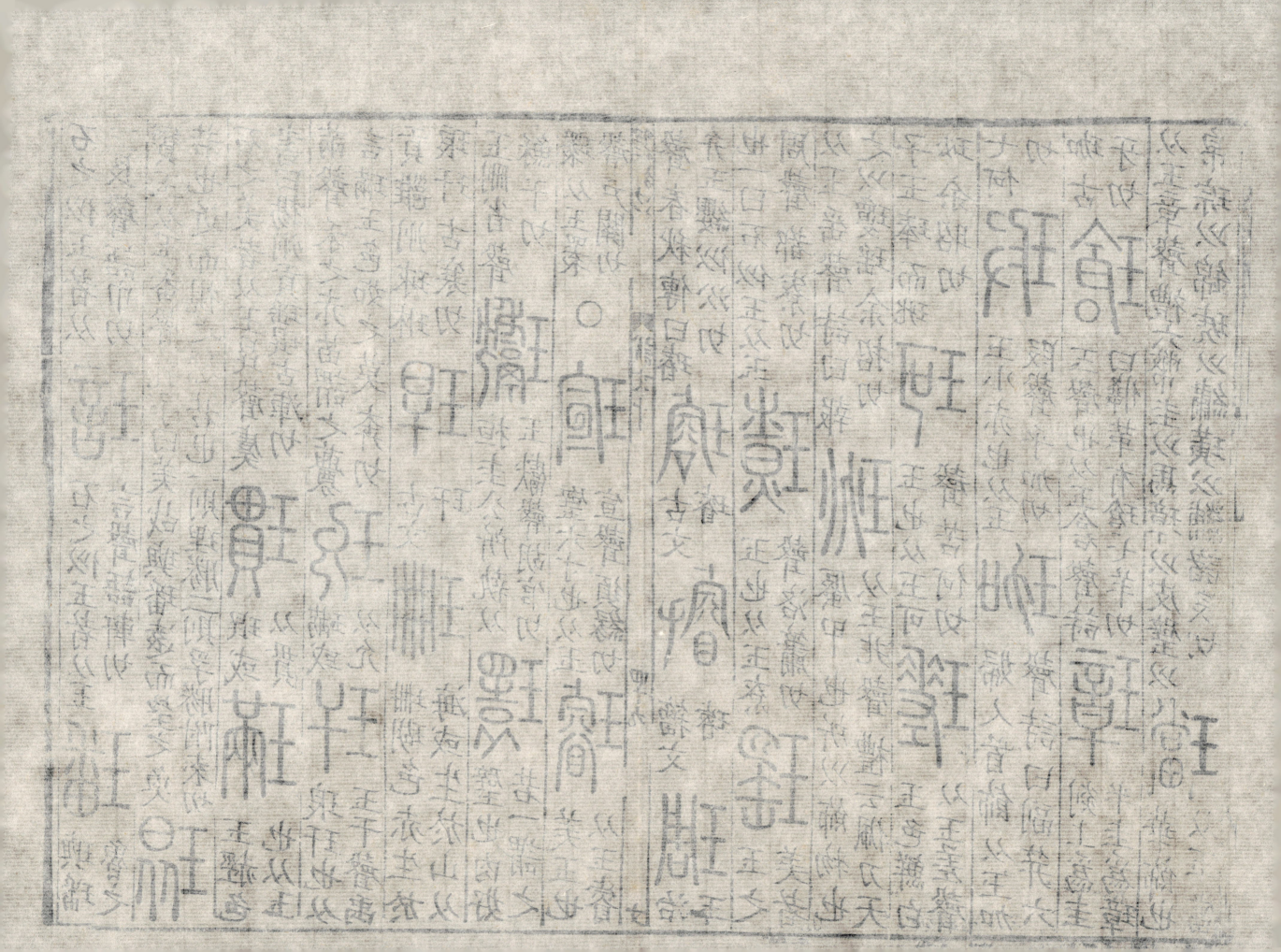

聲都郎切
琅 琅玕似珠者从玉良聲魯當切
瑝 玉聲也从玉皇聲乎光切
璜 半璧也从玉黃聲戶光切
珩 佩上玉也所以節行止也从玉行聲戶庚切
瑛 玉光也从玉英聲於京切
琤 玉聲也从玉爭聲楚耕切
瓊 赤玉也从玉夐聲渠營切
璚 瓊或从矞
瓗 瓊或从巂
琁 瓊或从旋省臣鉉等曰今與璿同
玎 玉聲也从玉丁聲齊太公子伋謚曰玎公當經切
靈 靈巫以玉事神从玉霝聲郎丁切
䨩 靈或从巫
玲 玉聲从玉令聲郎丁切
璒 石之似玉者从玉登聲都騰切
球 玉磬也从玉求聲巨鳩切
璆 球或从翏
[illegible] 遺玉也从玉歔聲以周切
瑬 垂玉也冕飾从玉流聲力求切
珋 石之有光璧珋也出西胡中从玉丣聲力求切
瓇 玉也从玉夒聲讀若柔耳由切
[illegible] 石之似玉者从玉朁聲側岑切
琛 寶也从玉深省聲丑林切
琳 美玉也从玉林聲力尋切
玪 玪塾石之次玉者从玉今聲古函切
○
琫 佩刀下飾天子以玉諸侯以金从玉奉聲邊孔切
玤 石之次玉者以爲系璧从玉丰聲讀若詩曰瓜瓞菶菶一曰若蛤蚌補蠓切
珙 玉也从玉共聲拘竦切
理 治玉也从玉里聲良止切
玘 玉也从玉己聲去里切
珝 玉也从玉羽聲況主切

瑀 石之似玉者从王禹聲王矩切

珇 琮玉之瑑从王且聲則古切

琥 發兵瑞玉爲虎文从王从虎虎亦声春秋傳曰賜子家雙琥呼古切

瑦 石之似玉者从玉鳥声安古切

玼 玉色鮮也从玉此声詩曰新臺有玼千禮切

琲 珠五百枚也从玉非声普乃切

璀 璀璨五光也从王崔声七罪切

瑾 瑾瑜美玉也从王堇声居隱切

琬 圭有琬者从王宛声於阮切

琖 玉爵也夏曰琖殷曰斝周曰爵从玉戔声或从皿阻限切

琠 玉也从王典声多殄切

璬 玉佩从王敫声古了切

瑵 車蓋玉瑵从王蚤声側絞切

璪 玉飾如水藻之文从王喿声虞書曰璪火黺米子皓切

璅 石之似玉者从王巢声子皓切

瑣 王声也从王貨声蘇果切

璗 金之美者與王同色从王湯声禮佩刀諸侯璗琫而璆珌徒朗切

璥 王也从王敬声居領切

珽 大圭長三尺杼上終葵首从玉廷声他鼎切

玖 石之次玉黑色者从王久声詩曰貽我珮玖讀若芑或曰若人句脊之句舉友切

玽 石之次王者从句王声讀若苟古後切

琰 璧上起美色也从王炎声以冉切

○

瑞 以玉爲信也从王耑徐鍇曰耑諦也會意其僞切

珥 瑱也从王耳耳亦声仍吏切

璐 玉也从王路声洛故切

珕 蜃屬从王劦声禮佩刀十功琫而珧珌臣鉉等曰劦

亦音麗故以爲聲郎計切

璏　劍鼻玉也从王彘聲直例切

玴　石之似玉者从王曳聲余制切

玠　大圭也从玉介聲周書曰稱奉介圭古拜切

璶　石之似玉者从玉盡聲徐刃切

瓘　玉也从玉雚聲春秋傳曰瓘斝工玩切

⿱取玉　石之似玉者从玉取聲烏貫切

玩　弄也从玉元聲五換切

貦　玩或从貝

璨　玉光也从玉粲聲倉案切

瓚　三玉二石也从玉贊聲禮天子用全純玉也上公用駹四玉一石侯用瓚伯用埒玉石半相埒也徂贊切

瑱　以玉充耳也从玉眞聲詩曰玉之瑱兮臣鉉等曰今充耳字更从玉旁充非是他甸切

⿰眞耳　瑱或从耳

瑑　圭璧上起兆瑑也从玉篆省聲周禮曰瑑圭璧直戀切

瑗　大孔璧人君上除陛以相引从玉爰聲爾雅曰好倍肉謂之瑗肉倍好謂之璧王眷切

⿰王號　石之似玉从玉號聲讀若鎬乎到切

瑁　諸侯執圭朝天子天子執玉以冒之似犂冠周禮曰天子執瑁四寸从玉冒冒亦聲莫報切

⿰王目　古文省

瑒　圭尺二寸有瓚以祠宗廟者也从玉昜聲丑亮切

珦　玉也从玉向聲許亮切

瑩　玉色从玉熒省聲一曰石之次玉者逸論語曰如玉之瑩烏定切

珛　朽玉也从玉有聲讀若畜牧之畜許救切

璓　石之次玉者从玉莠聲詩曰充耳璓瑩息救切

琀　送死口中玉也从玉从含含亦聲胡紺切

○

琡　玉也从玉叔聲昌六切

[illegible]

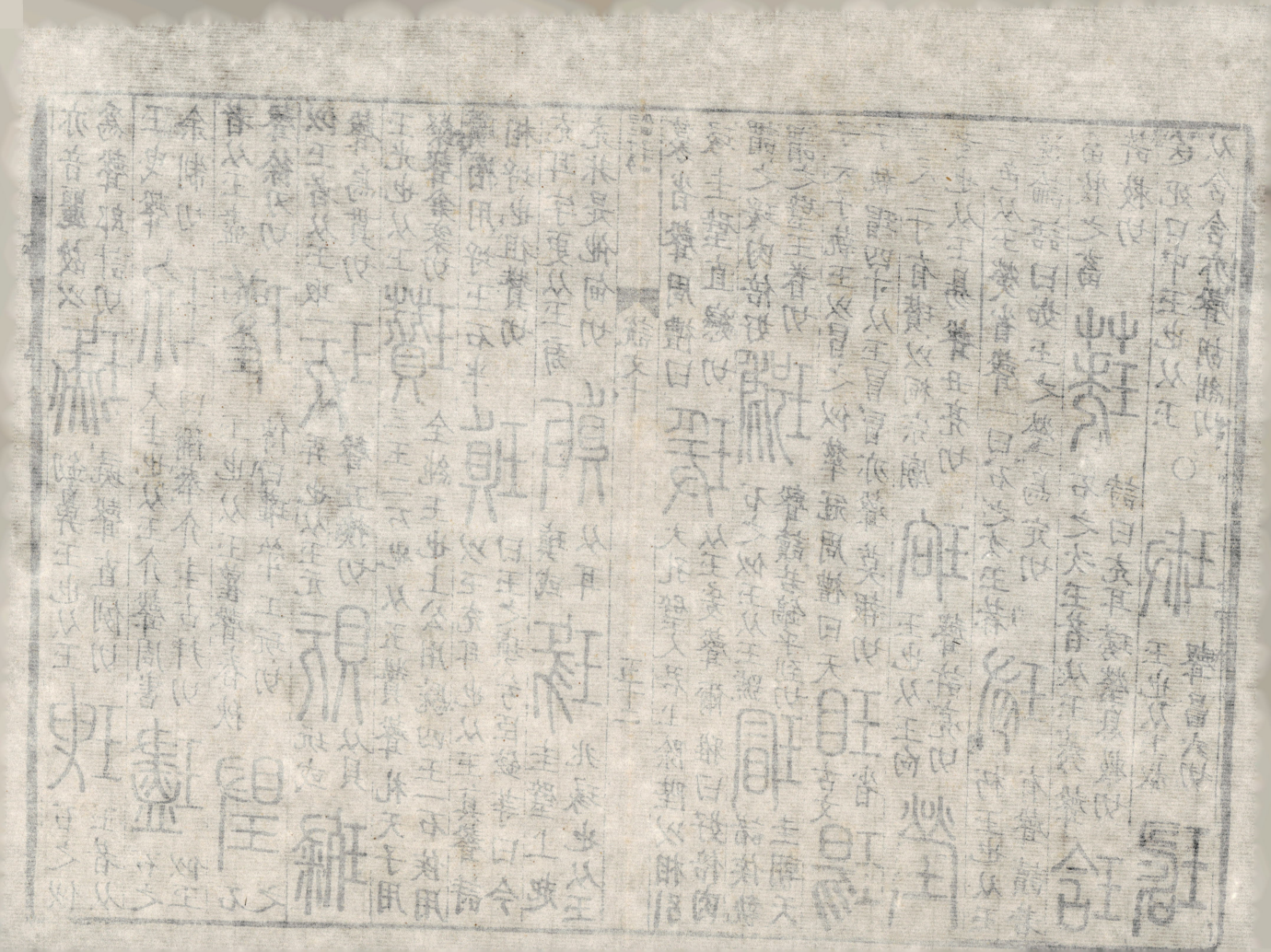

玉器也从玉𠷎聲讀若淑殊六切

琢 治玉也从玉豖聲竹角切

珌 佩刀下飾天子以玉从玉必聲卑吉切

瑮 玉英華羅列秩秩从玉㮚聲逸論語曰玉粲之瑮兮其瑮猛也力質切

璱 玉英華相帶如瑟弦从玉瑟聲詩曰璱彼玉瓚所櫛切

⿰王𠬛 玉屬从玉𠬛聲讀若沒莫悖切

⿰王剌 玉也从玉剌聲盧達切

⿰王蕐 石之似玉者从玉蕐聲讀若曷胡捌切

玦 玉佩也从玉夬聲古穴切

碧 石之青美者从玉石白聲兵彳切

玓 玓瓅明珠色从玉勺聲都歷切

⿰王毄 玉也从玉毄聲讀若鬲郎擊切

瓅 玓瓅从玉樂聲郎擊切

璧 瑞玉圜也从玉辟聲比激切

玏 玲塾也从玉勒聲盧則切

㻗 石之次玉者从玉燮聲穌叶切

文二百二十六　重十六

文十四　新附

重刊許氏說文解字五音韻譜卷十

五福五代堂古稀天子寶

八徵耄念之寶

太上皇帝之寶